너무 즐거워 견딜 수 없다는 듯

너무 즐거워 견딜 수 없다는 듯

초판 1쇄 발행 | 2023년 10월 26일
초판 2쇄 발행 | 2024년 12월 17일

지은이 | 이은택
펴낸이 | 황규관

펴낸곳 | (주)삶창
출판등록 | 2010년 11월 30일 제2010-000168호
주소 | 04149 서울시 마포구 대흥로 84-6, 302호
전화 | 02-848-3097
팩스 | 02-848-3094

너무 즐거워 견딜 수 없다는 듯

이
은
택

시
집

삶창

첫 시집을 낸 지 5년이 지났습니다.

그동안 진정한 시인이란 시를 쓰는 사람이 아니라 시를 읽는 사람이라고 말하고 다녔습니다. 그러면서도 시인이라 불리는 마당에 시집 한 권은 더 있어야 하지 않을까 하는 불순한 생각에서 벗어나지 못했습니다.

이제는 시를 쓰기보다 시를 즐겨 읽는 진정한 시인으로 살겠습니다.

이 땅의 진정한 시인들에게 삼가 이 시집을 바칩니다.

차례

2부   비웃어도 되는 세상을 비웃지도 않으며

4부 **이렇게 푼돈 갚듯 해서는 안 된다는 듯이**

1부

제자리를 지키고 있는
세상의 모든 것들에게

지그린다는 것

동네 친구들과 늦도록 쏘다니다
슬며시 대문 열고 들어서면
안방 깊은 곳에서 들려오던
어머니의 목소리

애야, 동생 안 들어왔다
잠그지 말고 지그려 놓아라

어머니의 그 목소리를
오십여 년이 지난 지금도 가끔 듣는다

반 아이들에게
어제 느낀 서운함을 오늘도 느낄 때
친구가 술기운에 못 이겨
되지도 않는 말로 몰아세웠을 때
불현듯 아내가 먼 사람처럼 느껴지고
세상이 지겹도록 미워졌을 때

그럴 때마다 들리는 어머니의 목소리

애야, 잠그지 말고 지그려 놓아라

내가 그럭저럭 세상과 소통하며
살아갈 수 있게 해준
어머니의 목소리를
우리 집 아이들한테 똑같이 전해주고 싶다

애들아, 잠그지 말고 지그려 놓아라

그나저나 그때의 젊은 어머니는
내가 들어오는 줄을 어떻게 아셨을까

찬찬한디

특별히 칭찬할 일 없는 딸에게
칭찬 대신 찬찬하다는 말을 자주 해주었다

열차를 놓치지 않고 타고 와도
우리 딸 찬찬한디
일어나야 할 시간에 일어나도
우리 딸 찬찬한디
음식물 쓰레기를 들고 나가도
우리 딸 찬찬한디

그저 찬찬한디
아무 때나 찬찬한디
상황에 맞는 말인지 아닌지
따져보지도 않고
찬찬한디

이번에는
칭찬받을 일 없이 늙어가는 나에게

딸이 칭찬 대신 찬찬하다는 말을 해준다

밖에 나갔다가 우산을 챙겨 와도
우리 아빠 찬찬한디
어제 먹던 음식을 냉장고에서 꺼내도
우리 아빠 찬찬한디
적어준 대로 장을 봐 와도
우리 아빠 찬찬한디

찬찬하다는 말 듣고 살면
죽을 때까지 치매에 걸릴 일 없을 것 같은데
그걸 아는지 모르는지 딸은
제 귀에 주렁주렁 걸려 있던 그 말을 하나씩 걷어
내 귀에 연신 매달아 주고 있다

제사

동생과 공주 나가 공부할 때
할머니가 오셔서 밥해주셨다

집에 가니 술 취한 아버지가
동생과 나를 앉혀 놓고

누구 덕으로 공부하느냐

아버지라고 해야 하나 어머니라고 해야 하나
우물쭈물하는 사이 머리 좋은 동생이

할머니 덕입니다

오냐, 동생이 낫구나

그 이후로도 자주 아버지는 물으셨다

누구 덕으로 공부하느냐

이미 학습이 된 나도

할머니 덕입니다

이제는 묻지 않는
없는 아버지가 그리운 날이 있다*

* 복효근 시인의 「부자」에서 따 왔습니다.

행복 총량의 법칙

누구의 이론이냐 따져 묻진 않았지만
아내는 행복 총량 법칙의 신봉자다
행복 총량 법칙이란 한 가족의 행복 총량은 일정하
다는 것

우리 가족의 행복 총량이 100이라면
우리 가족 네 식구가 균등하게 누릴 수 있는 행복의
양은 각기 25라는 것

누군가 기쁜 일이 생겨 행복의 양이 50으로 늘어난
다면
누군가는 줄어들어 0이 될 수도 있다는 것

실제로 이 이론이 그럴싸하게 느껴진 적도 많았는데
아내가 승진하여 한시름 덜 때 애들이 공부로 어려
워했고
내가 첫 시집 내고 좋아라 술 퍼마시고 다닐 때 아내
가 먼 곳으로 발령 받았다

그래서 가족 중 누군가에게 좋은 일이 생겨도
마냥 기뻐할 수는 없게 됐는데 이쯤에서 드는 생각은
우리 가족의 행복 총량을 200으로 끌어올려야 한다
는 것

그런데 행복 총량의 법칙이라는 게 진짜 있다면 사
회에도 적용될 터
우리 가족의 행복 총량을 끌어올리려면 결국은
다른 가족의 행복 총량을 뺏어 와야 되는 것 아닌가
하는 데까지 생각이 미치자

난 평화주의자답게
우리 가족의 행복 총량을 그냥 100으로 두는 대신
누군가에게 좋은 일이 생겨도 크게 기뻐하지 않고
누군가에게 나쁜 일이 생겨도 크게 슬퍼하지 않기
로 했다

엊그제는 드디어 내가 우리 클럽 월례회에서 우승
했다
크게 기뻤으나 크게 기뻐하지 않았다

나를 탓하다

늑복을 쏠쏠 누리는 후배가
대리운전비에 보태라며 만원을 넣어 주었다
마침 대리운전 부를 일이 없어져
만원을 잘 접어 휴대폰 지갑에 넣어두었다

며칠 후
소에게 풀을 먹이고 있는 아버지를 꿈에서 뵀었고
점심을 먹고 식당에서 나오는데
식당 바로 옆에 복권 가게가 붙어 있었다

큰 부자는 하늘이 만든다고 했다
또 돈이 사람을 따라야지
사람이 돈을 따라서는 부자가 될 수 없다고 했다

복 많은 후배가 억지로 준 만원에, 어젯밤 꾼 조상 꿈에
날 찾아온 복권 가게, 이 모든 것들이
하늘이 날 위해 짜준 각본 같았다

만원을 꺼내 복권을 두 장 사서
정성스럽게 접은 다음
만원을 꽂아두었던 휴대폰 지갑 그 자리에 꽂아두
었다

이제 한 가지 일만 남았다
한 가지 일이란 기대하지 않는 것이다
행운이란 기대하지 않았을 때 찾아온다 하지 않던가

내게 무슨 복이 있어서
내게 무슨 행운이 있어서
그렇게 기대하지 않으려 하면서 일주일을 보냈다
그리고 복권 추첨일
복권 두 장 열 개의 일련번호 중에
겨우 한 개의 일련번호에서 두 개의 숫자만 맞았다

모든 게 완벽했는데 모든 게 꽝이었다

가만히 생각해보면
기대하지 않으려 했지 기대하지 않은 건 아니었다
날마다 빌딩을 지었고 아파트를 넓혔으며
형제들, 친구들 불러 잔치를 했다
이렇게 큰 부자가 되어도 되나 걱정도 했다

생각해보니 내 삶이 그랬다
존경받는 선생이, 좋은 아버지가 되고자 했으나
되지는 못했다
사랑하려고 했지 사랑하지 못했으며
잊어버리려 했지 잊지는 못했다

살아오면서 하늘이 만들어 준 기회가
숱하디숱할 텐데 늘 요 모양 요 꼴인 것은
오로지 내 탓이다 그러니
어찌 찾아오지 않은 행운을 탓하겠는가

오십 대의 마지막 생일 전날 밤

손이 큰 아내는
국을 끓여도
한꺼번에 사나흘치 국을 끓인다

내일은 내 생일
오십 대의 마지막 생일 축하한다고
누나들한테 동생들한테
문자를 받은 날 저녁
아내는 새로 끓인 된장국 한 사발을
밥상에 올려놓는다
어깨 너머로 소 밥그릇만 한
국 냄비가 보인다

오십 대의 마지막 생일을 맞는 사람답게
세상에서 가장 점잖은 목소리로
내일 미역국 안 끓여?
하고 물었다
아내는 무심코

미역국은 왜 끓여?
했다가 문득 생각났다는 듯이
엊그제까지 기억하고 있었는데……
삐치지 않고 말해줘서 고마워
한다

그날 밤
아내한테도 삐치지 않은 내 속을
고맙다는 아내의 말이 계속 들락거리고
앞으로 더 잘 살 수 있을 것 같은 생각에
도대체 잠이 안 온다

이래저래
막걸리 한 병은 있어야 할 것 같은
오십 대의 마지막 생일 전날 밤이다

바람의 말

폭염주의보 내린 날의
미호천 자전거길

중년의 사내가 노인을 태운
전동스쿠터를 몰고 바람처럼 달려온다

노모인 듯한 노인은 허리는 굽었으나
어째 어깨만은 으쓱한데
집을 나서기 전에 그러셨으리라

야 이놈아 맨날 타는 그거 나도 좀 태워주라

걷지 못하셨던
우리 노모도 살아계셨으면 그러셨으리라

야 이놈아 맨날 타는 그거 나도 좀 태워주라

뜨거운 기운이 훅훅 올라와도

저승길보다는 아름다울 것 같은 자전거길에
개망초만 속절없이 피었는데

귓전을 지나는 바람만이
하루 종일
야 이놈아 야 이놈아 한다

제자리암

제자리를 지키고 있다고 하면
앞으로도 나아가지 못하고
위로도 오르지 못하는 것으로
여길 수 있지만

신호등이 제자리를 지키고 있어
도로가 평등하고
등대가 제자리를 지키고 있어
바다가 순하며
북극성이 제자리를 지키고 있어
별자리가 아름답다

또
아내의 몸에 찾아온 병이 제자리를 잘 지키셔서
집안이 평화롭다

제자리를 지키고 있는 세상의 모든 것들에게
경의와 찬사를 보낸다

무엇보다도 그대들이 빛난다고
그대들이 있어 세상은 살 만하다고

어제 공을 칠 때
제자리를 잘 지켜 귀중한 포인트를 얻었다
내가 빛나는 순간이었다

가늘고 길게

젊은 날에는
굵고 짧게라는 말
진리라고 믿고 살았네

붉은 동백 같은,
가장 절정일 때 툭 목숨 놓는

화려하고 화끈하지 않은가

젊은 날 지나가니
가늘고 길게라는 말도
진리라고 믿게 되었네

마당의 모깃불 같은,
꺼질 듯 꺼질 듯 밤새 피워 올리는

은근하고 끈기 있지 않은가

부부의 사랑도
가늘고 길게
굵고 짧게 하는 부부의 사랑이 어디 있던가

술 마시는 것도
가늘고 길게
적게 마셔야 오래 마시는 법
오래 즐기는 자가 진정한 술꾼이지

코트에서 공 치는 일도
가늘고 길게
화려하지 않아도, 화끈하지 않아도
코트에 오래 서는 자가 이기는 것

모쪼록 내 삶도
가늘고 길게
절정일 때, 툭 목숨 놓을 때 지났으므로
은근하고 끈기 있게

체면

아직 본격적으로 음식이 나오기
전의 회식 자리 조금 지루했으려나
사회를 맡은 사람이 상품으로
초밥 도시락을 주겠다며 게임을 진행한다
지 자로 끝나는 몸 부위 대기
가장 끝으로 말한 사람이 승리하는
게임이란다 허벅지 엄지 어깻죽지 장딴지
남들은 다 잘 찾아내는데 이
점잖은 자리에 난 왜 그것만 생각날까
시끌벅적대다가 히히덕거리다가
그렇게나 많았어 놀라다가 거의
나올 것은 다 나왔는가 점점 말과 말 사이가
길어지는데 난 그것이 자꾸
모가지로 넘어오려는 바람에
모가지가 간질간질하다

에이 내게 초밥 사 먹을 돈이 없나
마음속 깊은 곳에서 슬그머니 일어선 그놈이

모가지만 간지럽히고 밖으로 나오지 못하는
그것을 지그시 눌러 잠재운다

초밥을 한 방에 날려버린
억압적이고도 위선적인 놈
실속이라고는 먹고 죽으려도 없는
놈 그놈

혼술

꿈에 형님이 전화하셔서
어머니께서 우리 집에 오겠다고 하신단다
내일모레 그러니까 일요일인데
너희들이 없어도 좋으니 어디
다녀올 데 있으면 다녀오라고 하셨단다

돌아가신 어머니를 꿈에서 뵈면
무슨 말씀 하셨는가
어떤 표정 지으셨는가 흐릿한데
채 잠에서 덜 깬 상태에서도
돈벼락을 내리려고 오셨나
복권 살 생각을 하는 것이다

복권에 당첨된 사람들 중에는
돼지꿈 꾼 사람들보다
조상 꿈 꾼 사람들이 더 많다나

아들 보고 싶어 찾아오시는

어머니를 보고 복권이나 살 생각하는
자식놈이 미우셨는가 이번에는 아예
얼굴을 보여주지 않으신다
목소리도 들려주지 않으신다

다만 형님의 목소리를 빌려
없어도 좋으니 어디
다녀올 데 있으면 다녀오라는 말로
보고 싶지 않다는 뜻을 전하시는구나

문득 그런 생각을 해보는 것이다

2
부

비웃어도 되는 세상을
비웃지도 않으며

거울

교실에 들어서자마자
바르고 두드리고 그리고 칠하고
말고 풀고 올리고 내리고

하나둘 꽃으로 피어난다

바짝 붙어 앉아
발라주고 두드려주고 그려주고 칠해주고
말아주고 풀어주고 올려주고 내려주고

어둡고 우울한 교실은
드디어 한바탕 꽃밭이 되었다

그 꽃들이
나를 들여다보며 웃는다
아니 저를 들여다보며 환하게 웃는다

귀가 없어 들을 수 없지만 눈으로 안다

오늘은 앨범 사진 찍는 날

내 젊은 날의 유적지

훗날
이곳을 찾은 많은 사람들이
여기가 바로 백제 왕궁터였다고
한마디씩 떠들어댈 때
나는 내가 데리고 온 딸에게
여기가 바로 부여여고 터였다고
지지 않고 떠들어대리

모든 것이 푸른 잔디로 덮여
지금은 수몰 지구처럼 묻혀버렸지만
이곳은 본래
칠이 벗겨진 낡은 교실과
작아서 더 정이 가는 운동장과
춥고 덥던 급식실이 있던 곳

또
운동장 가를 물들이던 연산홍과
급식실 앞의 목련,

음악실 옆에는 오래된 은행나무가 있고
부소산으로 오르던 오솔길과
그 곁에 매화가 있던 곳

체육대회 날의 떨림과
합창대회 때의 아름다운 화음
삼겹살데이에 올려다본 푸른 하늘과
토론장에서의 날카로운 언어
입학하던 날의 설렘과
졸업하던 날의 예정된 이별
사이의 모든 일과 감정들
돌아갈 수 없는 내 청춘이
고스란히 묻혀 있는 곳

이제는 푸른 잔디로 덮여
발굴조차 어렵게 돼버린
내 젊은 날의 유적지 부여여고 터라고
나지막하게 말하지만 사실은 다 들으라는 듯이

지지 않고 끝끝내 떠들어대리

* 부여여고가 있는 자리가 백제 왕궁터로 추정돼 부득이 부여여고가 이전하게
  되었습니다.

성장통
—충남청소년문학상 성장 교실에서

부디 높지 않기를
부디 곱지 않기를
부디 순하지 않기를

낮고
거칠고
거스르며 걷는 이 길에

부디 아픔이 있기를

익환이

스무 해도 넘었던가
한글 해득도 못 하고 고등학교에 온
애들 서넛을 불러 한글을 가르쳤다
글자를 익히는 것도 때가 있는 것인지
도무지 진전이라고는 없어
전날 배운 가나다라를
다음날 또 읽지 못했다 그중
멀쑥하니 키 크고 사람 좋게 웃던 익환이
평소 차비 계산은 틀리지 않았고
집으로 가는 옥산행 시내버스를 잘만 타고 다녔다
옥산을 어찌 읽고 타느냐 물었더니
그냥 모양으로 알아요 한다

세월이 한참 지나
지금은 마흔쯤 됐을 익환이
여전히 멀쑥하니 키 크고
사람 좋게 웃을 것인데
이제 모양으로 읽는 실력은 도가 터

그의 눈에 모양으로 읽히지 않는 것들은
세상에 하나도 없을 것이다
돈 계산도 잘할 것이고 살림도 잘할 것이고
특히 글만 잘 쓰는 사람 보란 듯이
잘살고 있을 것이다
비웃어도 되는 세상을 비웃지도 않으며
잘만 살고 있을 것이다

그는 호모사피엔스의 선생이다

오랜 가뭄 끝에 단비 내린다
마른장마일 거라는 걱정을
씻어버리기라도 하듯 시원하게 내린다
시원하게 내리는 비는
아무것도 모르고 그냥 내린다

강은 제 몸을 집으로 내어주고도 모른다
하늘은 제 몸을 길로 내어주고도 모른다
나무는 죽은 제 몸까지 밥으로 내어주고도 모른다
모르니까 자랑도 없다

그러나 그는 반 아이들한테
언제 아이스크림을 사주었는지
언제 웃음을 한번 날려주었는지 안다
그는 아이들에게 자신이
단비이고 강이며 하늘이고 나무라고
생각한다

졸업생이라도 찾아오면
자기가 그 애에게 해준 별것 아닌
모든 것을 기억해내고 거기에
없는 것까지 보태어 떠벌이듯 자랑한다

그는 위대한 호모사피엔스의 존경받는 선생이다

그날 칠갑산에 오르다

남들이 스승의 날이라고 불러주면 더 민망한, 우리라도 교육자의 날이라고 불러야 마음 편한 그날 칠갑산에 올랐다. 우리들만의 공휴일이라서 칠갑산은 한적했다. 흰 철쭉꽃은 한참 철이 지나 물에 젖은 휴지가 말라붙은 것처럼 되어 있었다. 잠깐 쉴 참에 같이 갔던 박 선생이 어제 소풍 갔던 이야기 한 토막을 풀어 놓는다. 걷기를 죽기보다 싫어하는 여학생들 데리고 부소산 넘어 백마강길 따라 건너편 부산에도 오르고, 다시 강 이쪽 구드래로 돌아오는 십여 킬로의 소풍 길. 더구나 날은 더워 방년 17세의 여학생들은 먼지와 땀으로 범벅되어 사진을 찍는 것조차 거부했단다. 박 선생은 대견한 마음이 일어 아이스크림을 사주었는데, 한 학생이 아이스크림을 먹고는 칠백 원짜리 캔 커피를 손에 들고 만 원짜리 지폐를 내더란다. 박 선생이 여기 천 원짜리가 있으니 이걸로 계산하자 하면서 계산을 해줬는데 그 학생이 당황하여 이거 선생님 드릴 건데요 하더란다. 소풍날 박 선생은 생각지도 않은 캔 커피를 자기 돈으로 사 먹었다는 얘긴데, 그 얘기 듣는 순간 어두운 숲에 그늘이 걷히고 시든 철쭉이 몇만 배속 개화처럼 되살아나 박 선생 앉은 자리를, 또 내 앉은 자리를 환하게 밝히는 것이었다.

설마

체육대회의 꽃은 계주경기라고 했던가요
출발신호가 울리자 한 학생이
몸을 돌려 거꾸로 달리기 시작했어요
괴성과 휘파람과 웃음으로
체육대회는 이내 난장판이 되어버렸지요
하고 정년이 얼마 안 남은
읍내 중학교 선생이 깊은 탄식을 한다
그런 경우 없는 놈을 봤나
그런 싸가지 없는 놈을 봤나
학교를 도대체 뭘로 아는 거야
나는 목청을 높여 진심으로 그를 위로했다

그러고는 집에 돌아와 생각해보는 것이다

뭇시선을 매달고 가는 그 몸은 가벼웠으려나
막아서는 바람에도 그 가슴은 시원했으려나
물을 거슬러 오르는 물고기 같은 느낌이었으려나
뒷일은 뒷일이고 일단은 기분이 좋았으려나

그런데 무엇보다도
정자나무 그늘 같았던 선생이
퇴임을 앞당길 수 있을지 모른다는 생각을
하기는 했으려나

성자의 이름을 희롱하다

족등은 자신의 키를 낮추고 빛을 줄여
나무의 편안한 잠을 돕는다
족등은 거룩한 성자다

해가 갈수록 나이 차가 흐릿해져
이제는 담배도 트는 사이가 된
제자 둘과 선생이
술 한잔 마시고 부소산엘 올랐다

발목이나 겨우 비추는 족등길 올라가며

족등을 발음할 땐 조심해야 된다고
주책없는 선생이 낄낄대자
그러면 이 족등은 길을 밝히는 등이 아니라
여자들이나 밝히는 등이 되겠다며
제자들이 맞장구쳤다

십여 년 가까이 흐른 지금

제자들의 결혼이 늦어지자
선생은 그때 건넨 자신의 주책이
족등의 이름을 희롱했기 때문이라고 걱정한다

족등길 오르며 선생은
그 거룩한 성자에게 눈길을 보내고는
앞으로는 그 어떤 것도
이름 가지고 희롱하지 않을 것을
다짐한다 그것이 생물이든 무생물이든

오늘도 나무는 편안한 잠을 잘 것이다

두서없는 시

이른바 졸업 시즌,
내일모레면 유권자가 될
고등학교 졸업식장엔
내로라하는 지역 정치가들이
몇 문장 글이라도 토해보려고
줄을 섰다는데

기회를 주지 않으면
온갖 엄포를 놔 쌓고
기회를 주면 고라니 똥 누듯
두서없는 말을 쏟아 내기 마련이란다

그 두서없는 말 중에
졸업생들이 감동하지 않을 수 없는 말이
딱 하나 있는데
두서없는 말 여기서 줄입니다
하는 마지막 문장이라나

두서없는 이 시도 여기서 줄여볼거나

시집을 손에 든 당신,
이 마지막 문장에 역시
감동받지 않으셨는가

당신 덕분에
—신동엽 추모제에 부쳐

그리운 당신

당신 덕분에
진달래는 더 화사하고
벚꽃은 더 아우성입니다

당신 덕분에
백마강은 여전히 푸르고
부소산은 여전히 의연합니다

당신 덕분에
우리들 시비에 모여
잡초 뽑고
페인트칠하고
이끼 떼어내며
빈 마음에 인정을 담습니다

그리운 당신

당신 덕분에

이 땅에

나라다운 나라가 서고

밀짚모자 대통령 아저씨가

자전거 타고 막걸리 받으러 갑니다

당신 덕분에

사람들은 더 따뜻해져

드디어

부여에도 평화의 소녀상이 섭니다

그리운 당신

잊고 산 날 많지만

오늘 하루는 무작정

당신을

그리워하렵니다

일요일

모처럼 볕 든 아침
고요를 깨는 청량한 소리
태양아 노올자아
잠 짓하던 화단의 풀꽃과 나비
지붕 위 햇볕과 바람
화들짝 깨어나 태양이네 집 베란다를
넘는다 살판난 듯 소리보다 먼저 넘는다
녹슨 자전거도 엉덩이 들썩인다

망각의 세계에서 잠들어 있던
내 유년의 기억들도
우리 집 베란다를 넘어온다
뒷산 연안 이 씨 못마당
자치기며 섣달그믐날 돼지 오줌보
미역 감던 큰 개울 찹쌀 개울 그리고
횃불 아래 번득이던 메기 잡던 얼굴들

아이들 노는 소리 왁자해지고

형님이 주신 마늘 한 접을 종일 깐다
그냥 살판난 듯 놀아본 적 언제던가
술 마시자는 말도 아니고 산에 가자는 말도 아니고
누구에게서든 문자로라도
야, 그냥 놀자 하는 말
그리워지는 하루

한여름 밤의 꿈

그대와 함께 자전거를 탑니다

이윽고 날은 저물고
달이 뜹니다

자전거는
들길을 지나 언덕을 넘고
언덕을 넘어 산으로 오릅니다

더욱 힘을 주어 페달을 밟으면
드디어 드디어
자전거는 공중으로 날아오르지요

어느 영화에서 보았던가요
자전거를 탄 소년들 서넛
하얀 달 속을 날던 모습을

어느덧 소년이 되어버린 나는

세상을 덮고 있는 투명한 출구

맨홀 뚜껑 같은 달을 향해 날아오릅니다

물푸레나무 같은 소녀

그대와 함께

* 박성우 시인의 「보름달」이 바탕이 되었습니다. 전문은 이렇습니다. "어느 애
벌레가 뚫고 나갔을까/ 이 밤에 유일한 저 탈출구,/ 함께 빠져나갈 그대 뵈지
않는다."

3
부

그대 향한 오랜 그리움

지워낼 수 있다면

나 죽기 전에

몽골의 바람이 되어

넓디넓은 초원을 거침없이 내닫다가

가문 땅 구석구석에 비구름 몰아가다가

별빛에 흐릿해진 달 맑게 닦아주다가

결 고운 사막 모래에 물결 자국 남기다가

양몰이 개 콧잔등에 난 땀 식혀주다가

어린 풀에 넙죽 엎드려 절 드리다가

그리하여

그대 향한 오랜 그리움 지워낼 수 있다면

여한이 없겠다는 생각

나도 꽤 괜찮은 친구다

『태백산맥』을 다시 읽는데
글자가 작아서 잘 안 보여
그와 부소산을 걸으면서 무심코 던진 말인데
며칠 후 큰 글자로 된
개정판 『태백산맥』 한 질이 택배로 왔다

어느 산엔가 올랐는데
그가 간식으로 크런치바를 꺼내서 주었다
시중에서는 잘 보지 못한 것이고
또 아무 말도 안 하면 안 될 것 같아서
야 이거 맛있네 어디서 산 거야
이랬는데 다음에 만났을 때
그가 생협에서 파는 거라며
크런치바를 한 상자 가져다주었다.

그는 늘 이런 식이다 그는 내 친구다

언젠가 그의 집을 방문한 적이 있었다

남쪽을 향해 바르게 지어진 이층집이었는데
옆으로는 작은 시냇물이 흐르고
널찍한 마당에는 갖가지 예쁜 꽃들이 자라고 있었다
방방마다 책이 가득 꽂혀 있었고
책장 앞에는 언제든 앉아서 읽을 수 있게
편안한 의자가 놓여 있었다

마음으로는 감탄을 여러 번 했지만
말로는 수위를 조절해 꽤 쓸 만하네 하고 말았다
마음에 있는 말 그대로 했다가는
그럴 리는 없겠지만 혹시 그가 턱 하니
그 예쁜 이층집을 택배로 부쳐올 수도 있지 않은가

그의 집에 다녀온 후 나는
나를 몇 번이나 칭찬했다

그래 잘했다 이게 진정한 친구다
마음에 있는 말을 그대로 했더라면

내 친구는 지금쯤 무주택자로 전락해
여기저기 셋방을 기웃거리고 있지 않겠는가

그러고 보면
나도 그의 꽤 괜찮은 친구임에 틀림없다

배포 확대술

몽골 간 김에
얼마 전 수술 받은 아내를 위해
백퍼센트 캐시미어 코트를 샀다
한국에서는
두세 배 비싸다고들 하지만
몽골에서도
내 배포로는 만만한 게 아니었다

환불도 교환도 어려울 것 같아
색깔과 모양을 사진으로 찍어
아내에게 보내기도 하고
키가 비슷한 점원 아가씨에게
입어 봐 달라고 부탁도 해서
샀는데

가져와서 보니 이런, 어깨가 작단다
아내도 마른 체형인데
그러면 점원 아가씨는 얼마나 마른 건가
생각도 해보지만 이미 늦은 일

어떻게든 입을 수 있겠지 하고
아내는 대수롭지 않게 여기지만
정작 나는 기막힌 꿈을 꾼다

무슨 일인지 몽골에 다시 갔는데
코트를 가져가지 않은 것 아닌가
교환해야 하는데 이를 어쩌나
아이고 이런 등신 아이고 이런 등신
하다가 잠을 깬다

칭기즈 칸을 길러냈다는
그 무변광대한 초원을 보고 와서도
내 배포는 여전히 이 모양 이 꼴이어서

어디 배포 확대술이라는 걸 하는 곳이 있다면
한번 받아보고 싶다는 게
내 솔직한 심정이다

석모도에 스며들다

전등사 문화해설사의 강력 추천으로
석모도 미네랄 온천에 갔는데요
이 더운 여름날 온천이라니
투덜대면서 몸을 담근 온천수는 460미터 화강암에서
용출한 거라는데요 화강암에 스며 있던 온천수답게
내 몸에 그대로 스며드는데요 나중에는
온천수가 내 몸에 스며드는 것인지
내가 온천수에 스며드는 것인지 모르겠더라구요
거기서 내준 옷장 번호표가 29번이었어요

다음날 오른 보문사에는
오백아라한이 모셔져 있었는데요 그 오백아라한은
모두 머리숱이 없는 대머리들이세요
그 오백아라한에 끼어 사진을 찍었는데요
머리숱이 없어 웬만하면 모자를 벗지 않는 내가
거기에서는 글쎄 모자를 훌러덩 벗어젖히더라니까요
그 오백아라한에 내가 낀다는 느낌이 아니라
내가 그 오백아라한에 그대로 스며드는 느낌이었어요

그 보문사에는 통바위를 깎아 모신 와불이 계시는데요

바위가 부처가 되기까지는 29년이라는 세월이 필요했답니다

그런데 가만히 보고 있자니

바위를 깎아 모신 것이 아니라

부처님께서 바위에 스며드신 것 같았어요

아니 바위가 부처님의 몸에 스며든 것 같기도 했구요

이번에는 바위가 부처님 몸에 스며들었다고 말하기는 어렵겠고

부처님께서 바위에 스며들었다고 말하는 게 정확할 거 같은데요

보문사가 있는 낙가산 꼭대기에는 커다란 눈썹바위가 있어요

그 눈썹바위 밑에, 그러니까 바위의 눈동자에

인자하신 마애불이 스며들어 계신데요

우리가 그 마애불을 보고 있으면

우리도 눈동자에 스며들어 우리가 곧 마애불로 보이는데요

그게 곧 눈부처 아니겠어요.

중생이 곧 부처라는 말씀을 실감하는 곳이지요

석모도에 가면 온통 스며드는 것을 경험할 수 있어요

한 그루 잘생긴 소나무로도 스며들 수 있고

한줄기 시원한 바람으로도 스며들 수 있어요

석모도에 스며들면

바위만 보면 부처님으로 모시고 싶은 생각이 든답니다

석모도에 가시려면 머리를 밀고 가세요 그리고

미네랄 온천에 가서 옷장 번호표를 29번으로 받으세요

악마보다 더 악마 같은 관용이

담배 피워 기다릴게, 이 말은
차에 타기 전 또는
음식점에 들어가기 전
담배를 끊지 못한 친구에게
우리가 베풀 수 있는 최고의 관용이었다

관용을 베푸는 동안
우리의 마음은 평안했으며
몸은 한가로웠다
날아가는 새도 여유로웠고
지나가는 바람도 서두르지 않았다

그런데 그 친구가
갑작스레 담배를 끊었다
준비 없이 이 상황을 맞이한
우리의 관용은 방향을 잃었고
평안하고 한가로웠던
우리의 몸과 마음은 허공을 헤맸다

우리는 바삐 차에 탔으며
허겁지겁 음식점엘 들어갔다
세상의 모든 것이 급해 보였고
급기야 우리는
기다림에서 오는 여유로움과
베풂에서 오는 카타르시스를
모두 잃었다

우리 속을 아는지 모르는지
여전히 태평한 그 친구
그렇다고 담배를 다시 피워달라고
할 수는 없는 일

친구의 또 다른 무엇이
우리의 관용을 필요로 하는지
유심히 살펴보고 있지만
악마보다 더 악마 같은 관용이

내 귀에 대고

담배 피우는 친구로 갈아타시는 건 어떻겠느냐고

은근히 꼬드긴다

진짜 사랑이란

창헤르 온천 지대의 식당에서 일하는
청춘남녀
사랑하는 사이가 아니라면
그렇게 열심일 리가 없다

물컵을 놓더라도
자신이 하나라도 더 놓으려 하고
그릇을 치우더라도
자신이 하나라도 더 치우려 한다
남이 그렇게 하면 녀도 그렇게 하고
녀가 그렇게 하면 남도 그렇게 한다

혹시 남매지간이냐 물으니
아니라 한다
그럼 연인 사이냐 물으니
그도 아니라 한다
(이때 살짝 복숭앗빛이 돌았던가)

손님들한테 웃음을 보일 때도
자신이 조금이라도 더 웃어 보이려 해
식당 안이 환하다

한 번 더 돌아보고 나서는데
번개처럼 스치는 깨달음 하나

무릇
제 것에다 사랑하는 사람의 것까지
끌어다 보태야 진짜 사랑이 아니겠느냐 하는

일과 웃음은 물론
슬픔과 분노,
둘 사이에 함께하는 모든 것 다

부소산길 2

굽은 나무 굽은 성벽
굽은 부소산길

이 길 끝나기 전
꼭 만날 것 같은

내 속에서 오래도록 빛날 그대들

달 뜨는 영일루 혹은
비 내리는 사자루에서

몇 잎의 설움이거나 몇 잎의 분노를
술잔에 띄워 놓고

배액마강 다알바암에 물새애가 우우울어

때로는 상심가처럼 처연했던
때로는 투쟁가처럼 비장했던

내 젊은 날의 그리운 그대들

아니
못 만나도 좋을

부소산길

부소산길 3

태풍이 지난 뒤에
부소산길을 걷는 것처럼
불편한 일도 없지요

무수히 많은 나뭇가지가
부소산 길을 덮고 있는데요

나뭇가지를 잃은 나무들은
어찌하지 못하고 발 동동
굽어만 보고 있어요

지난밤
태풍은 나무를 한입에
삼켜버리려고 하고
나무는 태풍의 아가리에
뿌리 뽑히지 않으려고 하고
그렇게 한바탕 요동을 쳤겠지요

안간힘을 쓰던 나무들도

결국은 어찌하지 못하고
도마뱀이 꼬리를 잘라내듯
태풍의 아가리에 붙잡힌 나뭇가지를
잘라냈을 거구요

태풍이 물러간 아침
햇빛 가득 찬 부소산길에
부지런한 인부들이
나뭇가지들을 쓸어 모으는데요

나뭇가지를 잃은 나무들은
또 어찌하지 못하고
목이란 목은 있는 대로 빼고
바라만 보고 있어요

태풍이 지난 뒤에
부소산길을 걷는 것처럼
불편한 일도 없어요

부소산길 4

술기운 지우러
부소산에 올랐다가
술기운 지워진 자리
초록으로
채워 오다

허전함 비우러
부소산에 올랐다가
허전함 비워진 자리
시로
채워 오다

부소산길 5

겨울이 되면
굴참나무의 잎이 누렇게 변하고
또 그 잎이 떨어진다고 해서
지조 없다고 말해서는
안 될 것이다

부소산에 가보라
서복사지에서 구드래로 빠지는
길 중간쯤
여름엔 넓은 잎 만들어
어린나무 그늘로 덮어주고
겨울엔 그 잎 떨구어
햇볕으로 덮게 한다

부소산에 가보라
지조보다 빛나는
굴참나무가 거기 있다

부소산길 6

부소산길은 다 예쁘다

그중 우리 학교로 내려오는 길은
부소산이 종아리를 뻗은 듯 희고 보드랍다

쌀쌀한 가을날
단풍이 수북이 쌓여 그 길을
이불처럼 덮어주었다

단풍을 밟으면 사각사각
풀 먹인 이불 홑청 소리가 났다

날씨는 더 추워졌고
누군가 단풍을 말끔히 쓸어냈다

길은 종아리가 이불 밖으로 나온 듯
추워 보였다

가문 여름내 꽃물 주느라

도대체 앉아 있지를 못했던

우리 학교 비정규직 성 주사님

길이야 어떻든 아랑곳하지 않고

밟히는 단풍이

안타까워서 그랬을 것이다

4
부

———————

이렇게 푼돈 갚듯 해서는

안 된다는 듯이

빚

우리 또래치고
5·18에 빚 없는 사람 얼마나 될까

오랜만에 다시 찾은 5·18 민주묘역
참배하기 전 손 씻을 요량으로 화장실에 들렀더니

거기 어떻게 들어온 것인지
작은 날것 하나
닫힌 유리창에 머리를 부딪고 있다

어느 시인은 오월 십팔일에
산목숨 죽여 만든 음식은 돌아보지 않으리
하루살이 한 마리도 건드리지 않으리*
라고 했는데

문득 나도 오늘
저 날것을 살려 보내면
조금이라도 빚갚음이 되지 않을까 싶어

유리창도 열어주고 방충망도 열어주었다

그런데 그 날것은 내 마음을 읽었는지
닫힌 유리창만 쫓아다니며
한사코 머리를 부딪고 있다

평생 갚아도 못 갚을 큰 빚을
이렇게 푼돈 갚듯 해서는 안 된다는 듯이

* 조성순 시인의 「오월 십팔일」

새해 다짐

언젠가 금성이 형이 술자리에서 했던 말
내세우지 않는 삶이 아름답네
내세울 게 없는 삶은 더 아름답고

돌이켜보면 난
아름답게 살 수도 있는 삶을
슬프게도 외면하며 살아왔다

내세울 게 없는 선배이면서
선배입네 내세웠고
내세울 게 없는 남편이면서
남편입네 내세웠으며
내세울 게 없는 선생이면서
선생입네 내세웠다

새해가 시작되는 이즈음에
나무를 생각해본다
본래 물이었고 햇빛이었고 바람이었을
나무는

살아서는 한 걸음도 나서지 않고
죽어서도 장작입네 가구입네
내세우지 않는다

나라를 다시 일으켜 세우겠다는 각오로도 부족할
이 부끄러운 시국에
한가하게 이따위 나무 타령이나 한다고
욕먹어도 싸지만

내세울 것이 너무 대단해
아름답게 살기에는 이미 글러먹은 한 사내가
입네 입네 내세우며
아무 말이나 지껄여 대는 꼴 보기 사나워

이제라도
나부터 아름답게 살 궁리를 해보는 것이다

소심하게도
새해 다짐으로 삼고 싶은 것이다

너무 즐거워 견딜 수 없다는 듯

너무 즐거워 견딜 수 없다는 듯 이렇게 말하는 수박
이 실제로 있었다고 쳐.

푹푹 찌는 여름날 제법 크고 잘 익은 내가 수박 가게
에서 더위를 식히고 있었어. 이웃집 아저씨 같이 수더
분한 어떤 사람이 나를 골라 집으로 가져갔어. 냉장고
에 넣어두고 하루쯤 지났을까, 그 사람은 나를 꺼내 배
낭에 넣었어. 가정집 식탁에 오를 줄 알았던 나는 좀 놀
랐어. 그 사람은 여러 동료들과 만나 산을 오르기 시작
했어. 배낭 밖에서 들려오는 말을 통해 지리산 종주를
위한 칠갑산 야간 산행이라는 걸 알았어. 나를 멘 그 사
람은 걸음도 무겁고 숨소리도 거칠었지만 말투는 너
무 즐거워 견딜 수 없다는 듯 들렸어. 그렇게 두어 시
간쯤 올랐을까, 드디어 삼형제봉에 도착했어. 배낭 속
에서 꺼내어진 나는 멀리 달빛 속에 우뚝 선 정상을 보
았어. 이게 웬 수박이야 하고 놀라 자빠지는 환호성도
들었어. 그렇게 나는 산꼭대기에 올라 들에서는 못 본
아름다운 풍경을 보았어. 또 세상에서 가장 달고 시원

한 수박이 되었어. 뱉어진 내 씨앗들이 산꼭대기 어딘가 문혀 꽃피고 열매 맺을 날 기다리고 있다면 그건 덤 아니겠어.

누구의 즐거움이 큰가 논할 순 없지만 내가 만약 후생에 다시 태어날 수 있다면 수박을 메고 올라간 '어떤 사람'처럼 살고 싶다네. 이생에 사람으로 태어났으니 후생에는 사람으로 태어날 수 없다고 한다면 '산꼭대기에 올라간 수박'처럼 사는 것도 괜찮겠지. 이생이든 후생이든 이같은 즐거움으로 살아야 인생 좀 살았다 말할 수 있는 거 아니겠어.

참회록

언젠가는 말로 하든 글로 하든 토설해야 할 거 같아서, 토설하지 않으면 거머리처럼 내 머릿속에 달라붙어 떠나주지 않을 거 같아서.

친구들 만나면 인구 절벽이 화제가 될 때가 있지. 어떤 친구는 괜찮다 말하고 어떤 친구는 꽤 심각하다 말하는데, 깊게 생각해보지 않은 나는 얼렁뚱땅 심각하다는 친구 쪽에 붙어 입에 침을 튀기지. 그쪽에 붙어야 할 말이 많으니까. 어디에서 들은 것은 있어, 미혼자들이 반려동물 기르는 것을 법으로 금지해야 한다고 하고, '나 혼자 산다' 같은 프로그램을 폐지해야 한다고 하고, 애기 한 명 낳을 때마다 육아수당으로 1억씩 지급해야 한다며 허경영 같은 사람이 진작에 대통령이 됐어야 한다고 떠벌이지. 그리고 무엇보다도 아이들을 존중하는 사회 환경을 조성해야 한다고 게거품을 문다네.

그러고는 뒤이어 내가 사는 세종을 자랑삼아 얘기

하지. 우리나라에서 가장 젊은 도시라 꼭 베트남에서 사는 기분이라는 둥, 밤에 나가보면 젊은이들이 거리를 메워 낮보다는 밤에 더 생동감을 느끼게 한다는 둥, 엘리베이터를 타면 젊은 부부가 아이 손을 잡고 오르는데 그럴 때면 내가 이 아파트 물을 흐리는 것 같아 미안하다는 둥, 너스레를 떨기도 하는데,

　이런 내가, 3차인가 4차인가 코로나 백신을 맞으러 유소아과 병원에 갔을 때였어. 10시 예약을 하고 시간 맞춰 병원에 갔지. 접수를 했더니 대기자 명단을 띄우는 스크린 저 밑에 내 이름이 올라오데. 끄트머리에 있어도 1, 2차 때처럼 예약 시간이 되면 불러주겠지 하고 앉아 있는데 불러주지를 않는 거야. 아이들은 아프다고 울고 부모들은 어르고 병원 안은 소란스럽기 그지없어 앉아 있기가 거북할 지경이었네. 40분이 지났는데도 내 이름은 대기자 명단의 중간쯤에나 겨우 걸려 있는 거 있지. 슬슬 부아가 나기 시작했어. 급기야 이러려면 예약은 왜 받는 거야, 이 병원은 도대체 어른들

을 뭐로 보는 거야. 인내심 없는 내 신경세포들이 드디어 한계를 보여 20분쯤 더 기다리다 뛰쳐나오고 말았어. 그냥 가시게요? 묻는 간호사 얼굴이 참으로 못생겨 보이데.

그날 이후 유소아과 병원에서 뛰쳐나왔던 이 기억은 내 머릿속에 거머리처럼 달라붙었어. 이 기억은 평소에는 가만히 있다가 아이들만 눈에 보이면 내 뇌수를 파먹기 시작한다네. 그때마다 머릿속이 근질근질해서 견딜 수가 없어. 이렇게 시원하게 토설했으니 이제는 이 기억이 머릿속에서 떠나주지 않을까.

그런데 만약 똑같은 상황이 오면 어떡할 거냐고? 글쎄, 아마 꾹 참고 기다려야 되지 않을까, 이딴 기억이 거머리처럼 달라붙는 게 지긋지긋해서 말이야.

낙과

어느 감나무인들
시골집 울안에 우뚝 서서
까치밥으로 익어가는 그 고고한 높이를
두서넛 매다는 꿈
꾸지 않겠는가마는

우리 아파트 화단에 서 있는 감나무
외벽에 밀려 간신히
한발 딛고 버티는 형국인데
5층을 넘겨 우뚝 서기까지는
부지하세월

그래서 이 여름 다 가기 전
체념 같기도 하고 원망 같기도 한
푸르스름한 절망을
태풍을 빙자하여
아스팔트 바닥에 깔아놓는 것이다

막걸리

말 같잖은 말 듣더라도
이게 말이여 막걸리여
하는 말
함부로 하지 마라

너는 누구에게
한 사발
시원한 위로가
되어 준 적 있느냐

* 안도현 시인의 「너에게 묻는다」에 기대었습니다.

어떤 나쁜 습관과 어떤 좋은 습관

어느 시인의 시*에

자기 집 앞에서 엘리베이터를 내리면

함께 탔던 모기들도 우르르 같이 내리기 때문에

자기 집 층수보다 한 층 위에서 내려

계단을 내려가는 어떤 아저씨와

모기의 꼬임에 넘어가 일부러 그 아저씨 집에서 내려

두 층이나 걸어 올라간다는 시인의 이야기가 나온다

우리 동네 아파트는

주차장으로 가려면 지하 1층으로 가야 되고

쓰레기를 버리려면 1층에서 내려야 한다

나와 같은 동에 사는 어떤 아주머니는

쓰레기를 버리려고 엘리베이터를 탔다가

누군가 지하 1층으로 내려가는 사람이 먼저 타고 있

으면

1층 버튼을 누르지 않고

지하 1층까지 같이 내려갔다가 다시 1층으로 올라

온다

아주 조그마한 폐도 남에게 끼치지 않으려는
아주머니의 그 좋은 습관이 존경스러워
따라 하려 하지만 나는 그게 잘 안 된다
쓰레기를 버리러 갈 때마다
지하 주차장으로 가는 사람들이 먼저 타고 있는데도
벌써 1층 버튼을 누르고 있는 내 손가락을 본다

좋은 습관이냐 나쁜 습관이냐 하는 것은
엘리베이터로 한 층 내려갔다가 올라오느냐
한 층 더 올라갔다가 내려오느냐에 따라
나뉠 정도로 가깝지만
좋은 습관을 따라 하기란
돌을 깎아 부처를 만들기보다 더디고 힘들다

쓰레기를 버리러 가는 오늘 아침
나를 보고 혹시 어떤 사람이 따라 하지 않을까 하여
지하 1층으로 가는 사람이 먼저 타고 있으면

오늘 한 번만이라도
1층 버튼을 절대 누르지 않으리라 다짐해본다

아주머니에서 나로
나에게서 어떤 사람으로 이어지는
우리 동의 좋은 습관 보유자 계보를
오늘 하루만이라도 만들어보고자 하는 것이다

* 복효근 시인의 「어떤 나쁜 습관」

인셉션

교실 같은 어딘가 중앙에 앉아 있다
주변은 온통 희뿌옇다 다만
내 책상 위의 수학 시험지만 또렷한데
어떻게 풀어야 하는지 도대체 알 수가 없다
어디인지 무슨 시험인지
누구도 설명이 없다
풀리지 않는 시험지에 갇혀버린 나
돌덩이를 가슴에 얹은 채
발버둥치다가 깼다

문을 열고 들어섰다
발밑에 우편물 하나가 엎드려 있다
징집영장이다 내 병적 기록이 말소되어
확인할 수 없으니 재입대해야 된단다
무슨 소리여 내 군번은
하나 삼 하나 팔 넷 팔 공 둘여
이게 무슨 나라여
찢어버리기도 두려운 영장에 갇힌 나

소리소리 지르다가 깬다

살아온 날보다
살아갈 날이 훨씬 짧은 지금도
폭력을 버린 적 없는 나라가
가끔씩 내게 보내오는 협박성 꿈이다

시

  그대가 다녀간 지 달포가 지났습니다. 다시 오지 않는 그대를 찾아 이번엔 내가 작정을 하고 나섰습니다. 모든 일이 그렇듯 욕심을 버려야 그대를 만날 것 같아 쌌던 짐 다시 풀어 간단하게 꾸렸습니다. 길을 떠난다는 게 늘 설레게 하는 것이지만 그대 찾으러 길 떠나는 것이니 더 말할 나위 있겠습니까. 낮은 것을 좋아하는 그대 혹 야간열차를 타지 않았을까, 그대 만나기 위해 야간열차를 탔습니다. 침대칸 3층에 몸 구겨 넣고 새우잠 자면서 줄곧 그대를 생각했습니다. 그러나 열차에는 삶에 지친 사람들의 애환이 실려 있을 뿐 그대는 눈에 보이지 않았습니다. 그럼 높은 곳에서는 볼 수 있을까, 태항산에 올랐지만 거기에서도 그대는 보이지 않았습니다. 그대가 있음 직한 기암절벽은 먼지에 가려 있었습니다. 끝내 그대를 보지 못하고 내려오면서 승강기를 타고 오르내린 나를 자책했습니다. 한 발 한 발 정성을 다하지 않는 나를 어딘가에서 보고 그대가 외면한 것이라고 말입니다. 죽을 만큼 보고 싶은 그대, 죽을 먹으면 볼 수 있을까 아침에 죽을 먹기도 했습니다. 하루를 시작하느라 발걸음 무거운 사람들 사이에 끼어 노점에서 또는 역에서 죽을 먹었습니다. 하지만 죽을 만큼 보고 싶은 그대는 눈에 띄지 않았습니다. 혹 수많은 부처님들 사이에서 중생을 위하여 수행하고 있지는 않을까 하여 찾아갔지만 그대는 거기에서도 보이지 않았습니다. 목 잘린 불상과 손목 끊어진 보살들 틈 아니면 통째로 불상 들어낸 자리 거기에 있을까 그대 찾았지만 허사였습니다. 아 그대는 어디에 있을까요? 우리나라는 민주공화국이 아니라 재벌공화국이라는 소식이 먼 조국으로부터 들려와 그대를 만나지 못한 나를 더욱 허탈하게 만들었습니다. 화산에 오르면서 이번에는 아예 목숨을 걸자 하고 지문까지 찍었습니다. 어쩌면 저렇게 높은 곳에 줄을 매달아 사람들 실어 나를까요, 비류직하삼천척(飛流直下三千尺)* 저 깊은 곳에 그대 있을까요? 그대 만나기 위해 저 깊은 곳으로 몸 던질 사람 있을 테지만 난 아니었습니다. 그저 무서웠습니다. 장공잔도(長空棧道)** 그 위험한 곳에 당신이 있을지도 모르는데 난 용기가 없었습니다. 목숨

걸기로 했지만 장공잔도에 안전띠도 걸어보지 못했습니다. 대신 서봉이나 남봉, 동봉에 그대 있을까 올랐지만 거기에서도 그대는 보이지 않았습니다. 오르지 못한 북봉이 머리에 남아 있는 건 그대가 거기에 있을지 모른다는 미련 때문이었을까요. 두 번이나 찾아간 회족거리는 진짜로 그대가 있을 법한 곳이었습니다. 어떻게 한 민족의 음식 문화가 그렇게 다채로울 수 있을까요? 그대도 문화의 딸이라 그곳은 그대가 눌러살기 딱 좋은 거리였습니다. 그러나 거기에서도 그대는 보이지 않았습니다. 음식을 만들어 파는 회족의 재빠른 손놀림에서도 물결처럼 밀려가고 밀려오는 수많은 사람들의 발걸음에서도 그대를 찾을 수 없었습니다. 오늘은 명대에 쌓았다는 성벽에 올랐습니다. 남쪽 성벽을 걸으면서 걸어도 걸어도 서쪽 성벽에 닿지 않는 거대함에 놀랐습니다. 그때쯤이었던가요, 살짝 일어난 미풍처럼 그대 목소리 들리는 듯했습니다. 아 드디어 그리운 그대와 대면하는가 보다 했지만 감격도 잠시 그대는 다시 몸을 감춘 뒤였습니다.

이제야 서서히 그대는 찾는다고 찾아지는 것이 아님을 깨달아 가고 있습니다. 나 혼자 간절하다고 그대 나를 찾아오지 않는다는 것도 알아가는 중입니다. 어디선가 꼭꼭 숨어 있다가 기대하지 않았을 때 문득 맞닥뜨리는 행운처럼 그대는 그렇게 나를 찾아올 것입니다. 아마도 방바닥에 누워 나는 외롭구나 쓸쓸하구나, 하고 느낄 때쯤 오래 못 본 연인처럼 그렇게 반갑게 찾아올 것입니다.

* 이백의 시 「망여산폭포(望廬山瀑布)」의 한 구절입니다.
** 중국 화산(華山)에 있는 절벽 길. 세계에서 가장 위험한 등산로로 꼽힙니다.

죽기 좋은 날

죽기 좋은 날이라, 무얼 해도 좋은 날씨라 죽기에도 좋은 날이라는 거겠죠.

몸은 들풀에 젖어 누렇게 변해가는데 사타구니는 뽀송뽀송해지는 가을하고도 어느 날, 물 한 모금 마실 겸 자전거길 휴게소에서 쉬고 있었지요. 처음엔 저 아래 낚시꾼들이 틀어 놓은 노랫소린가 했어요. 그런데 그 소리 너무나 애틋하고 간절해 둘러보니 저만치 구석에서 주인 찾는 휴대폰이 메에메에 울고 있었어요. 산에서 만나는 사람들은 다 좋다고 말하던데 자전거 길에서 만나는 사람들도 다 좋다는 말 들어보자, 휴대폰을 배낭에 넣고 냅다 페달을 밟아 바람처럼 달렸어요. 휴대폰 주인의 기뻐하는 얼굴을 떠올리며 내내 이 말을 연습했어요. 자전거 타는 사람들끼리 감사는 무슨, 남은 여행이나 즐거웠으면 좋겠습니다. 드디어 주인을 만났고요, 거친 숨을 감추면서 즐거운 여행길 망치지 않았나 모르겠네요. 그랬는데 그 사람 무표정한 (무표정하다는 말은 이럴 때 쓰는 것이지요.) 얼굴로

들릴 듯 말 듯 뭐라고 한마디 툭 내뱉고는 휴대폰을 낚아채 돌아서 가버리는 거예요. 자전거길에서 만난 사람들도 다 좋다는 말 들어보자고요? 개뿔, 내 기대가, 내 자존심이 무참히 짓밟히는 순간이었지요.

정말로 죽기 좋을 정도로 날씨만 좋은 징한 가을날이었습니다.

테니스화에 대한 소회

아직은 신을 만한 테니스화
땀에 절고 비에 젖은 테니스화
궂은날에는 냄새가 더 지독한 테니스화

집으로 가져올 엄두가 나지 않아
주차장 승용차 밑 뒷바퀴 앞에
가지런히 널어 놓았는데
다음 날 나가보니 사라지셨네

버려지느니 스스로 쓰레기장에 가셨나
학대죄 고발하러 관리 사무소 가셨나
다녀보아도 찾아보아도 행방불명이네

생각해보니 새 주인 찾아
따라나선 것이 분명한데
내가 테니스화라 하더라도 이렇게 말했을 터

남들은

햇빛 좋은 날 일광욕도 시켜주고
두 켤레로 교대근무도 하게 하고
빨래방에 데려가 때도 밀어주는데
이놈의 주인은
허구한 날 트렁크에 가둬두고
저 필요할 때만 불러내 노역을 하게 하니
테니스화 복지에는 눈곱만큼도 관심이 없구나
그러니 맨날 실력이 저 모양 저 꼴이지 쯧쯧

말 한마디 없이 새 주인 따라나선 것이 괘씸하지만
지난 정과 내 한 짓 생각하면
앞날의 행복을 빌어주는 것이 도리

한심한 새 주인 잘 못 만나
구관이 명관이다 하는 말 부디 하지 마시길
모래 버석한 테니스장 말고
풍경 좋은 산책길에서 부디 천수를 누리시길

제자리를 지키는 일상의
거룩함에 대하여

최은숙(시인)

이은택 시인의 시집 원고를 읽으면서 "사람이 사는 데는 땅이 좋다"는 노자의 말씀이 떠올랐습니다. 마음은 깊은 것이 좋고, 벗과 더불어 사귈 때는 어진 것이 좋고, 말은 성실한 것이 좋다(居善地, 心善淵, 與善仁, 言善信).『도덕경』8장에 나오는 이야기입니다. 사람들의 일상이 꾸려지는 곳을 땅이라고 한다면, 사람이 사는 데는 역시 희로애락이 뒤섞인 땅이 좋은 것 같습니다. 얽히고설킨 관계가 지겹고 무거울 때, 다 내던져버리고 훌쩍 떠나고 싶기도 하지만 결국 사람들의 곁이 아니면 돌아올 데가 없습니다. 일상이 고달파도 사람을 귀하게 여기며 땅에 발을 딛고 사람의 도리를 다하려 애쓰는 하루하루를 가리켜 노자는 "어질고 깊다"라고 했고 이은택 시인은 "제자리를 지키고 있다"(「제자리암」)라고 표현했습니다. 제자리를 지킨다는 건 붙박이로 무심하게 서 있는 게 아니라 오히려 외부 조건에 부단히 흔들리면서 중심을 잡는다는 것이죠. 누군가의 부모와 자식으로, 아내와 남편으로, 선생으로, 벗으로, 한 사회의 구성원으로 산다는 게 그런 것인 듯합니다. '굵고 짧을' 수 없는 삶입니다. "화려하고 화끈하"지도 않습니다. "마당의 모깃불 같은,/ 꺼질 듯 꺼질 듯 밤새 피워 올리"며 "가늘고 길게"(「가늘고 길게」) 끝까지 가주는 것이 정말 고맙고 아름다운 동행입니다. 이 시집은 특별하지 않은 사람들의 가늘고 긴 여정에 깃든 힘이 어떤 것인지 보여줍니다. 시편마다 깊은 마음으로 살아온 이들의 따스한 지혜가 녹아 있고 너그러움과 여유와 소소한 즐거움이 행간에 가득합니다. 시집을 다 털어봐도 높은 직책 하나 없고, 복권을 사는 사람은 있어도 부자가 됐다는 이야기는 한 줄도 안 보이는데 말이지요. 산속 토굴에서 면벽수행을 몇 년 하면 이렇게 될 수 있을까요? 이런 일상의 힘이 지구를 떠받치고 있다는 것을 세상은 알까요?

"『태백산맥』을 다시 읽는데/ 글자가 작아서 잘 안 보"인다고 무심코 던진 말을 흘려듣지 않고 "며칠 후 큰 글자로 된/ 개정판『태백산맥』한 질"을 선물로 보내온 친구가 있습니다. 산에 올랐을 때 그가 간식으로 꺼내준 크런치바를 인사 겸하여 맛있다고 했더니 다음에 만났을 때 생협에서 파는 거라며 한 상자 건네주는 친구입니다.
시인은 벗으로 맺어진 관계 안에서 말 한마디가 갖는 신
실한 무게를 생각하지 않을 수 없습니다. 좋은 벗을 곁에
둔 즐거움을 그는 이렇게 노래합니다.

언젠가 그의 집을 방문한 적이 있었다
남쪽을 향해 바르게 지어진 이층집이었는데
옆으로는 작은 시냇물이 흐르고
널찍한 마당에는 갖가지 예쁜 꽃들이 자라고 있었다
방방마다 책이 가득 꽂혀 있었고
책장 앞에는 언제든 앉아서 읽을 수 있게
편안한 의자가 놓여 있었다

마음으로는 감탄을 여러 번 했지만
말로는 수위를 조절해 꽤 쓸 만하네 하고 말았다
마음에 있는 말 그대로 했다가는
그럴 리는 없겠지만 혹시 그가 턱 하니
그 예쁜 이층집을 택배로 부쳐올 수도 있지 않은가

그의 집에 다녀온 후 나는
나를 몇 번이나 칭찬했다

그래 잘했다 이게 진정한 친구다

마음에 있는 말을 그대로 했더라면

내 친구는 지금쯤 무주택자로 전락해

여기저기 셋방을 기웃거리고 있지 않겠는가

그러고 보면

나도 그의 꽤 괜찮은 친구임에 틀림없다

— 「나도 꽤 괜찮은 친구다」 부분

자네 집에 술 익거든 부디 나를 부르시소. 초당에 꽃피거든 나도 자네를 청하옴세. 백년덧 시름없을 일을 의논코저 하노라. 옛 시가 떠오를 만큼 멋이 있습니다. 익을 때가 되어 익은 술처럼, 때가 되어 핀 꽃처럼 자연스러운 멋입니다. 이은택 시인은 생의 대부분을 학생들 곁에서 살아온 선생님입니다. 선생님에게 멋이 있으면 학생들에게 행운입니다. 학생들에게 스며드는 것은 칠판 앞에서 열심히 전하는 지식보다는 의도하지 않은 선생님의 비언어적 표현들이기 때문입니다. 선생님의 남다른 내면과 풍요가 제자들의 학창 시절을 고양해줍니다. 공주고등학교 제77회 2학년 2반 학생들이 선생님의 퇴임을 맞아 만들어 드렸다는 감사패를 인터넷에서 본 적이 있습니다. 일부를 옮겨봅니다.

(…) 패딩 수선의 달인을 보면서 스스로 '학생들에게 나는 어떤 선생이었나?'를 반성하시는 책임감 있는 선생님. 매일같이 부소산을 오르시며 백마강이 보이는 서쪽 기슭에 집 한 채 마련하는 게 소원인 순수하신 선생님. 정동진 포장마차에서 알딸딸한 소주의 참맛을 알게 해주신 진취적인 선생님. 태어나시길 중간으로 태어나 공부도 테니스도 바둑도 중간이시지만 제자들이 가장 좋아하고 제일 존경하는 선생님. 이런 선생님의 교직 생활 마침표를 기념하며 감사함을 표하고자 합니다. 옆에는 선생님과 친구가 있고 앞에는 삼겹살과 술이 있으니 세상에 부러울 것이 없는 오늘입니다. 선생님과 저희가 앞으로도 '부러울 것 없는 오늘'을 자주 만들면 좋겠습니다. 저희들의 학창 시절 소중한 추억을 만들어 주셔서 감사합니다. 그 추억이 선생님과 함께여서 참 행복합니다. 항상 건강하시고 앞으로 꽃길만 걸으시길 기도하겠습니다. 그리고 대머리 시인 이은택 씨로서 활약을 기대하겠습니다. 선생님 존경하고 사랑합니다.

이렇게 '정말'로 쓰인 감사패를 처음 봅니다. 말을 꾸미지 않는 그 선생님의 그 제자들입니다. 학생들은 선생님의 부소산 사랑을 알고 있고 백마강이 보이는 산기슭에 집 한 채 마련하는 게 소원이란 것도 압니다. 공부도 테니스도 바둑도 중간이시지만, 가장 존경하고 사랑하는 선

생님이라고 합니다. 저도 선생님과 저 제자들을 따라 부
소산 길을 한번 걸어보고 싶네요. 「부소산길」 연작시 중
에 특히 3번은 선생님이 어떤 사람인지 잘 보여줍니다.

지난밤

태풍은 나무를 한입에

삼켜버리려고 하고

나무는 태풍의 아가리에

뿌리 뽑히지 않으려고 하고

그렇게 한바탕 요동을 쳤겠지요

안간힘을 쓰던 나무들도

결국은 어찌하지 못하고

도마뱀이 꼬리를 잘라내듯

태풍의 아가리에 붙잡힌 나뭇가지를

잘라냈을 거구요

태풍이 물러간 아침

햇빛 가득 찬 부소산길에

부지런한 인부들이

나뭇가지들을 쓸어 모으는데요

나뭇가지를 잃은 나무들은

또 어찌하지 못하고

목이란 목은 있는 대로 빼고

바라만 보고 있어요

태풍이 지난 뒤에

부소산길을 걷는 것처럼

불편한 일도 없어요

―「부소산길 3」 부분

시인이 자연의 섭리를 모를 리 없습니다. 그러나 연민
이 섭리를 앞섭니다. 나뭇가지가 아니라 어린 생명이 떨
어진 것이기에 빗자루에 쓸리는 것을 보는 마음이 불편
합니다. 선생님도 "어찌하지 못하고/ 목이란 목은 있는
대로 빼고/ 바라만 보고 있"을 수밖에 없었겠지요. 이런
몸짓을 학생들이 봅니다. 모든 감각이 생생하게 열린 나
이의 학생들 앞에 선 선생님이 무엇을 어떻게 사랑하며
어떤 꿈을 꾸는가, 어떻게 세상을 바라보는가, 선생님에
게서 어떤 인간적 매력이 느껴지는가, 그것이 학생들에
게 미치는 영향을 생각할 때 이은택 선생님은 좋은 시인
이어서 멋진 선생님이고, 멋진 선생님이어서 좋은 시인
이라는 생각이 듭니다.

'생활의 달인'이라는 텔레비전 프로그램이 있지요. 달인들에겐 오랜 각고의 노력 끝에 터득해 낸 비법이 있고 그것은 곧 눈에 띄는 결과로 이어집니다. 그러나 교사는 평생을 해도 달인이 될 수 없습니다. 김밥, 타일, 패딩이 아니라 해마다 다른 각각의 우주가 학생들이 되어 앞에 펼쳐지기 때문입니다. 야누쉬 코르착의 말처럼 오히려 최선의 노력이 난파될 수도 있다는 것을 받아들일 줄 알아야 교사입니다. 겸손할 수밖에 없고 배울 수밖에 없습니다. 수시로 학생과 선생님의 역할 바꾸기가 진행됩니다. 선생님의 노력이 있었지만, 결국 한글을 깨치지 못하고 고등학교를 졸업한 제자 익환이는 글자 대신 모양을 보고 버스를 타는 아이였습니다. 익환이는 삶을 글로 깨치지 않았습니다. 몸이 마음보다 부지런하고 생각보다 진실한 경우를 우리는 많이 봅니다. 글을 모르는 익환은 쌓아두었다 사라지는 마음과 스쳐 지나가는 생각 말고, 눈에 보이는 구체적인 실물을 통해서만 세상을 받아들입니다.

그의 눈에 모양으로 읽히지 않는 것들은

세상에 하나도 없을 것이다

돈 계산도 잘하고 살림도 잘할 것이고

특히 글만 잘 쓰는 사람 보란 듯이

잘살고 있을 것이다

비웃어도 되는 세상을 비웃지도 않으며

잘만 살고 있을 것이다

—「익환이」부분

"지금은 마흔쯤 됐을/ 여전히 멀쑥하니 키 크고/ 사람 좋게 웃"으며 "세상을 비웃지 않"고 살아갈 익환이에 대한 애정과 신뢰가 시인이 어떤 세상을 사는지 짐작하게 합니다. 선생님은 딱한 세상을 걱정했으면 했지, 익환이를 걱정하지 않습니다. '잘 사는 것'에 대한 관점이 다르니까요. 익환이의 건강한 심성을 믿습니다. 제자는 선생에게 이상을 몸으로 구현하는 에너지를 줍니다. 시인과 같은 아파트의 같은 동에 사는 아주머니 한 분은 쓰레기를 버리려고 엘리베이터에 탔을 때 지하 주차장으로 내려가는 이웃이 먼저 타고 있으면 1층 버튼을 누르지 않고 같이 내려간다고 합니다. 그리고 다시 1층으로 올라와 쓰레기 분리 수거장으로 갑니다(「어떤 나쁜 습관과 어떤 좋은 습관」). "좋은 습관을 따라 하기란/ 돌을 깎아 부처를 만들기보다 더디고 힘들"지만, "아주머니에서 나로/ 나에게서 어떤 사람으로 이어지는/ 우리 동의 좋은 습관 보유자 계보를/ 오늘 하루만이라도 만들어 보고자 하는", 실은 이렇게 별것 아닌 습관도 몸에 붙이기가 쉽지 않다는 걸 시도해본 사람은 알 것입니다. 감동은 대체로 이렇듯 뭇사람들의 발걸음이 흔히 닿는 낮은 곳에 있습니다. 그래서 일상은 거룩합니다. "언젠가 금성이 형이 술자리에서 했던 말/ 내세우지 않는 삶이 아름답네/ 내세울 게 없는 삶은 더 아름답고"(「새해 다짐」). "금성이 형"의 말씀이 바로 그 말씀이겠지요.

시집의 곳곳에 저러한 경구(警句)가 자리하고 있는 것은 시인이 자기 성찰을 놓지 않기 때문입니다. 성찰이란 배움과 짝을 이루는 말입니다. 시인은 큰 글자로 된 개정판 『태백산맥』 한 질을 보내준 친구와 제자 익환이, 아파트의 아주머니, 금성이 형을 벗이자 스승으로 대하고 있지요. 배우려는 사람은 자신을 정면으로 들여다볼 수밖에 없습니다. 용기가 필요한 일입니다. 그래서 거울 앞에 자신을 내놓은 시인은 독자를 덜 아프게 하고 덜 찔리게 합니다. 벌거벗은 시인의 부끄러움 뒤에 숨어 자신을 바라볼 수 있게 합니다. 거울 속에는 복권을 사놓고 미리 빌딩을 짓고 아파트를 넓히고 형제와 친구들을 불러 잔치하는 상상에 빠진 소시민이 있습니다. 그런 상상은 누구나 할 수 있죠. 남에게 해를 끼치지 않는 잠시의 즐거움입니다. 그러나 시인이 말하려는 것은 당첨을 기대하지 않으려 하는 자신의 마음이 진짜가 아니었다는 것입니다(「나를 탓하다」). 그랬으면 싶은 나와 진짜 나, 남들이 바라보는 나와 내가 바라보는 나 사이의 괴리를 감추지 못합니다. "언젠가는 말로 하든 글로 하든 토설해야 할 거 같아서, 토설하지 않으면 거머리처럼 내 머릿속에 달라붙어 떠나주지 않을 거 같아서"입니다(「참회록」). 드러내고 싶지 않은 이야기를 하지 않는 그 선택조차 세상을 속이는 듯한 죄책감으로 이어져 참회록을 쓰고야 마는 결벽이 그의 시를 신뢰하게 하고 미소 짓게 하고 뭉클하게 합니다. 몽골에 간 김에 수술받은 아내를 위해 큰맘 먹고 캐시미어 코트를 샀는데 가져와서 보니 어깨가 작습니다. 남편은 꿈속에서 몽골에 다시 가게 되었는데 그만 코트를 가져가는 것을 잊었습니다. 교환을 하지 못하게 된 코트 때문에 "아이고 이런 등신, 아이고 이런 등신 하다가" 잠에서 깹니다. "칭기즈 칸을 길러냈다는/ 그 무변광대한 초원을 보고 와서도" 꿈에서조차 코트 교환에 붙잡혀 있는 자신이 딱해서 '배포 확대술'이라도 받아보고 싶다는 사람이 거기 있습니다(「배포 확대술」). 관용을 베푸는(베푼다고 생각하는) 자기만족의 실체(「악마보다 더 악마 같은 관용이」), 자전거길에서 휴대폰을 주워 주인에게 돌려주며 기대했던 감사의 말 대신 뜻밖의 무례한 반응이 돌아왔을 때 크게 상처 입는 마음(「죽기 좋은 날」) 등, 어쩌면 나와 이리 비슷할까, 웃음이 나는 한편, 시인의 철저한 자기 검열에 나를 비추어 보지 않을 수 없습니다.

우리 또래치고

5·18에 빚 없는 사람 얼마나 될까

오랜만에 다시 찾은 5·18 민주묘역

참배하기 전 손 씻을 요량으로 화장실에 들렀더니

거기 어떻게 들어온 것인지

작은 날것 하나

닫힌 유리창에 머리를 부딪고 있다

어느 시인은 오월 십팔일에

산목숨 죽여 만든 음식은 돌아보지 않으리

하루살이 한 마리도 건드리지 않으리

라고 했는데

문득 나도 오늘

저 날것을 살려 보내면

조금이라도 빚갚음이 되지 않을까 싶어

유리창도 열어주고 방충망도 열어주었다

그런데 그 날것은 내 마음을 읽었는지

닫힌 유리창만 쫓아다니며

한사코 머리를 부딪고 있다

평생 갚아도 못 갚을 큰 빚을

이렇게 푼돈 갚듯 해서는 안 된다는 듯이

—「빚」전문

"평생 갚아도 못 갚을 큰 빚을/ 이렇게 푼돈 갚듯 해서는 안 된다". 이것은 손끝에서 나온 문장이 아니라 이은택 시인의 정신을 이루고 있는 질료가 순간, 계산 없이 흘러나온 것입니다. 한 점 의혹을 덮어두지 않는 평소의 태도가 화장실에서 머리에 잠깐 스친, 손쉬운 채무 정리를 핀셋으로 단박에 집어낸 것입니다. 잘 쓰인 시는 탁, 서랍 닫는 소리가 난다는데 시의 서랍은 손으로 닫는 게 아니었군요. 첫 시를 다시 읽어봅니다.

동네 친구들과 늦도록 쏘다니다

슬며시 대문 열고 들어서면

안방 깊은 곳에서 들려오던

어머니의 목소리

애야, 동생 안 들어왔다

잠그지 말고 지그려 놓아라

어머니의 그 목소리를

오십여 년이 지난 지금도 가끔 듣는다

반 아이들에게

어제 느낀 서운함을 오늘도 느낄 때

친구가 술기운에 못 이겨

되지도 않는 말로 몰아세웠을 때

불현듯 아내가 먼 사람처럼 느껴지고

세상이 지겹도록 미워졌을 때

그럴 때마다 들리는 어머니의 목소리

애야, 잠그지 말고 지그려 놓아라

내가 그럭저럭 세상과 소통하며

살아갈 수 있게 해준

어머니의 목소리를

우리 집 아이들한테 똑같이 전해주고 싶다

　　　　　　　　　　　　　—「지그린다는 것」부분

'지그린다'는 것은 닫는 것이 아니라 닫는 시늉만 하는 것입니다. 들어와야 할 사람이 들어올 수 있도록 빗장을 지르지 않는 것, 내 집과 바깥세상을 아주 막아버리지 않고 통로를 하나 열어두는 것이 지그리는 것입니다. 식구를 위한 배려이면서 동시에 이웃과 세상을 믿는 마음이 담겨 있는 말입니다. '지그려 놓으라'는 말을 듣던 옛날의 대문은 주로 싸리나무나 잡목을 엮어 만든 삽짝이 아니면 널빤지를 맞추어 짠 것이었습니다. 나지막한 울타리와 흙담에 참 어울렸지요. 외부인의 침입을 차단하기보다는 여기는 누구네 집, 저기는 누구네 집이라는 영역의 표시에 가까웠습니다. 볼 일이 있어도 큰기침으로 기척을 하거나, "집에 계신가?" 혼잣말하듯 넌지시, 그냥 지나가는 길인 것처럼 집주인의 형편을 살피는 태도와 심성이 "지그려 놓아라"는 말을 상용하게 했겠지요. 이제는 희미해진 그 말을 시인은 시집을 여는 첫 자리에 두었습니다. 달라진 세상을 향한 달라지지 않은 마음가짐, 자식들에게 대물림하고픈 바람으로 살려냈습니다.

화를 내지 않지만 스스로 몸을 바르게 세우게 하는 시를 만났습니다. 말수가 적어서 더욱 귀를 열게 했고 듣다 보면 슬며시 웃음이 났습니다. 내세울 것이 없어 더 아름다운 사람들이 이렇게도 많이 곁에서 함께 가고 있다는 것을 전해주는 응원의 시였습니다. 방사능 오염수를 바다에 방류하고 걸핏하면 칼부림이 나는 기막힌 세상이지만, '세상'이란 말은 저 아름다운 사람들이 제자리를 지키며 꾸려가는 일상의 거룩함을 뜻한다는 걸 잊지 말아야한다는 생각이 들게 하는 시였습니다. 세상을 향한 문을 닫아버리는 것은 아름다움을 포기하는 것이니까요.

삶
창
시
선